キリエ

祈りの詩

アンブロシオ聖歌による朝の歌

見よ、陽の光が輝き始める。
心を低く神に祈り求めよう、
この日何が起きようと、
神がすべての災いからお守りくださるよう。

神がわたしたちの唇を清く保ち、
不和が今日わたしたちの間を裂くことがないように。
神がわたしたちの目を自由にしてくださり、
むなしいものを示してくださるように。

清い心を得るために努めよ。

強情を祓い、
肉の慢心をくじき砕け。
また相応しく飲み、食せよ。

こうして日が沈み
暗闇が再びわれらを囲むとき、
世の重荷から完全に解かれ、
星輝く天空におられる方に賛美を歌おう。

わたしたちの父なる神に感謝せよ、
御子、イエス・キリストに感謝せよ、
わたしたちに慰めを与える霊にも感謝せよ、
昔も、今も、代々に限りなく。

聖アンブロシオ（三三三―三九七年）が作詞した古代教会の賛歌 *Iam lucis orto sidere* による。

昼の歌

日が頂にのぼる。
さあ、目を上げよ、
いつもあなたを見守った
いと高き方を見上げよ。

いかにこの日が騒がしくても、
今はしばし静まり、耳を澄ませよ。
あなたを愛される方が
その賜物を祝福なさる。

昼となる。さあ、食卓について、

主の食卓に想いを馳せよ。
祈る者がどこにいようと、
主はそれを知り、喜んで訪ねて来られる。

主はあなたを祝福される――村で、町で、
穀倉で、納屋で、畑で。
主の祝福されたものは、
この後も良く保たれる。

主は祝福される――あなたの籠を、水差しを、
あなたの櫃を、鉢を、棚を。
主は祝福をつねに与え
これを限ることはしない。

主はあなたの樹の実りを祝福し、

あなたの子、土地、あなたの家畜を祝福される。
主は求めるものに祝福を与え、
まどろむことなく憐れみをかける。

来るとき、行くとき、主はあなたを祝福し、
あなたの計ることを祝福される。
あなたがそれを悟らず、予感すら覚えぬことも、
主は知っておられる。

それでもなお主は常に
惜しまず祝福を与えることを望む。
雨のときが来れば、
恵みの雨も降らせる。

主の良き宝の箱は開かれている、

それは永遠に続く天の御国。
日々、主は新たに祝福を与え、
御心は変わることがない。

人が己れを主の名に従うものとする前に、
主はその人を知っておられる。
いかなる罪が阻もうとも、
主はあなたの手の業を祝福される。

主は、祈るために静まる手を
強めて業を行わせる。
そして祈る者の手が成す業は、
御旨のままになる。

日が頂にのぼる。

さあ、心にも体にも糧を与えよ。
主の祝福をあなたが保つように、
この地にても、かの地にても。

夕べの歌

主よ、あなたに守られて身を横たえ、
わたしは平安のうちに眠りにつく。
御腕に休らう者にこそ
まことの安息が与えられる。

いつも目覚め、助け癒すのは、
主よ、あなただけ、
闇夜の陰が
わたしの心を不意に怯えさせるときも。

あなたの強い腕が差しのべられている、

わたしが災いに遭うことなく、
眠りを脅かすものは何であれ、
わたしは見守られ、確かにここに住むために。

それゆえ、夜が深まると、
この世で待ち受けている苦難の日々に
思いを馳せることはせず、
むしろ思い巡らそう、

人の望みがすべて空しかったとき、
あなたが傍らにおられ、不思議と
わたしの歩むべき道を示されたことを。

あなたは強い助け主ゆえ、
わたしは足るを知ろう、

そして、あなたの手に秘められていることを
奪い取るのは止めよう。

わたしは来るべき恐れを気に留めず、
あなたのまことを待ちわびる。
あながわたしに求めているのはただ、
わたしが日々新たに

あなたの慈しみの内に身を横たえ、
悲しみのない、深い眠りにつくことだけ。
わたしを打ちのめしたことすべてから
ひたすらあなたの愛のうちへと逃れること。

あなたが近くおられる、と

来る日が告げるのをわたしは知っている。
そして、わたしに益となるものがすべて
御心の内にあることも。

闇の時が迫りくる今こそ、
道が見えなかった時にあなたがわたしのために
備えてくださった救いの賜物が
眼前に鮮やかに現れよ。

あなたはわたしの瞼に触れた。
わたしは安心して眠りにつく。
わたしをこの夜に導き入れた方は、
明日もわたしを導かれる。

クリスマスの歌

夜は更けた。
夜明けはもう遠くない。
さあ、賛美の歌を捧げよう、
光輝く明けの星に！
夜通し泣き明かした者も
さあ、朗らかに合唱に加わろう。
明けの星は
あなたの恐れと苦悩をも明るく照らす。

天使たちがこぞって仕える方が
今や幼な子となり、僕(しもべ)となる。

神ご自身が顕れた、
自らの正義の償いをされるために。
地にて罪ある者はもはや、
首をすくめて身を隠さず、
この幼な子を信じるならば、
救われる。

夜がすでに明けようとしている。
さあ、馬屋へ急ぎなさい。
そこにあなたたちは救いを見出すであろう。
救いは、あなたたちが罪に陥った
世の初めからすべての時代を通じて
語り継がれて来た。
今や神自らが定められた方が
あなたたちの友となられた。

O Holy Night
rry Christmas

こののち、人の苦しみと罪の上に
なおも闇が降るときもある。
しかし、今や神の慈しみの星が
皆を導いて共に歩む。
その光に照らされて
あなたたちはもはや闇に囚われることがない。
神の御顔から
救いはあなたたちのもとに至る。

闇に宿る神は、
しかし闇を照らされた。
まるで労に報いるかのように、
神がこの世を裁かれる。
大地を造られた方は、

罪人を見捨てることはない。
この地で御子に身を委ねた者は、
かの地では裁きから免れる。

大晦日の歌

わたしはあなたたちを必ず背負って行く、
老いの日まで。
その時にあなたがたは言うであろう、
わたしは恵み深い、と。

わたしが知らずして
あなたたちが白髪になることはない。
老いてもなおわが子らとして
父に依り頼むがよい。

約束の言葉を与えたのだから、

わたしはそれを成し遂げよう。
あなたたちを優しく担っていこう、
あなたたちは心静かに安らうがよい。

わたしは常にあなたたちを背負って行く、
救い主に相応しく。
祈りが捧げられたところで
わたしが約束をたがえたことを見た者がいるのか。

遥かな日々を思い起こしなさい、
いかに慈しみ深く
わたしが先祖の群れを
導いたかを。

昔の年月を顧みなさい、

あなたたちの歩む道に
いつもなお不思議なことが
あなたたちの身近に起こったことを。

気を揉むのは、もうやめなさい。
助けは十分に備えられている。
わたしはあなたたちを必ず背負っていく、
これまでも常に背負ってきたように。

新年の歌

御手に時を収めておられる主よ、
この年の重荷も御手に取って
祝福に変えてください。
今や、あなた自らがイエス・キリストを
一切の要（かなめ）として示されたのだから、
行く手へとわたしたちを導いてください。

人の手がけるものはすべて
たちどころに色あせ移ろい行くのだから、
あなた御自身がそれを全うしてください。
あなたがわたしたちに与えてくださった歳月は、

あなたの慈しみがその行く手を定めてくださらないかぎり、
衣のように古びてしまう。

御前に立ちおおせる人はこの地のどこにいましょう。
人と、その年月、行いは消え去りゆく。
あなた独りがいつまでも変わることがない。
神の年だけが代々限りなく続く。
それゆえわたしたちの日々をあなたに向けてください。
わたしたちは風に吹かれて飛び去りゆくのだから。

人は自分の寿命の尽きるときを知らない。
しかし、あなたは変わらずあなたであられる、
果てしない年月の中で。
わたしたちはあなたの怒りのゆえにこの世を去っていく、
それでもなおわたしたちのむなしい手に注がれた

あなたの恵みの清水がこんこんと湧き溢れる。

そしてこれらの賜物だけを、主よ、
咎を負って暮らすわたしたちの
日々の価値と尺度となしてください。
その賜物に従って時が数えられるように。
わたしたちが怠ったこと、誤ったことが、
もはや御前に達することのないように。

あなた独りがとこしえに変わることのない方、
わたしたちの時代が飛ぶように過ぎ行く中で、
ことの初めと行く手を、一切の要(かなめ)を知っておられる方。
いつまでもわたしたちに恵みの御顔を向けてください。
そしてわたしたちの手を引いてください、
わたしたちが確かな歩みで進んでいけるように。

郵便はがき

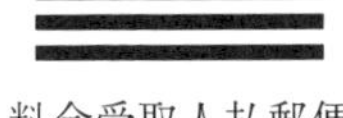

料金受取人払郵便

銀座局
承認

4765

差出有効期間
平成28年10月
31日まで

104-8790

628

東京都中央区銀座4－5－1

教文館出版部 行

◉裏面にご住所・ご氏名等ご記入の上ご投函いただければ、キリスト教書関連書籍等のご案内をさしあげます。なお、お預かりした個人情報は共同事業者である「(財)キリスト教文書センター」と共同で管理いたします。

●今回お買い上げいただいた本の書名をご記入下さい。

書名

●この本を何でお知りになりましたか

1．新聞広告（　　）　2．雑誌広告（　　）　3．書　評（　　）
4．書店で見て　5．友人にすすめられて　6．その他

●ご購読ありがとうございます。
本書についてのご意見、ご感想、その他をお聞かせ下さい。
図書目録ご入用の場合はご請求下さい（要　不要）

教文館発行図書 購読申込書

下記の図書の購入を申し込みます

書　　名	定価（税込）	申込部数
		部
		部
		部
		部
		部

- ●ご注文はなるべく書店をご指定下さい。必要事項をご記入のうえ、ご投函下さい。
- ●お近くに書店のない場合は小社指定の書店へお客様を紹介するか、小社から直送いたします。
- ●ハガキのこの面はそのまま取次・書店様への注文書として使用させていただきます。
- ●DM、Eメール等でのご案内を望まれない方は、右の四角にチェックを入れて下さい。□

ご氏名　　歳	ご職業

（〒　　　　）
ご住所

電　話
●書店よりの連絡のため忘れず記載して下さい。

メールアドレス
（新刊のご案内をさしあげます）

書店様へお願い　上記のお客様のご注文によるものです。
着荷次第お客様宛にご連絡下さいますようお願いします。

ご指定書店名	取次・番線
住　　所	
	（ここは小社で記入します）

聖木曜日のキリエ

今日、わたしは救い主の食卓に招かれる、
パンと葡萄酒と復活祭の小羊の備えられた食卓に。
外庭では枝の折れる音がする。
もう誰かが十字架の柱とすべく木を切り倒しているのか。
キリエ・エレイソン。

救い主は僕(しもべ)として、主人として
わたしに仕え、弟子たちの群れに仕える。
すべての天を支配する主となるべき方が
神の威厳を顧みることなく捨てられる。
キリエ・エレイソン。

主はわたしたちの足を洗い、油を注ぎ、
わたしたちに杯を差し出し、パンを裂かれる。
そして既にユダの口づけを待つ、
わたしが刑を免れるために。
　キリエ・エレイソン。

巡礼者の帽子と杖を手に
主は羊飼いの姿で過越の食卓につかれる。
そして立ち上がる、墓に向かうため、
十字架の責め苦に、嘲りと苦難に向かうため。
　キリエ・エレイソン。

ゲツセマネの園では
もう十字架となすべき木が切り倒されている。

杯を過ぎ去らせてください、と
そこで全世界の救い主が祈り求める。
　キリエ・エレイソン。

主は死の苦しみの苦い杯を
飲むべく心を決められる。
これを覚えるために、主は定められた、
全ての世のための聖餐を。
　キリエ・エレイソン。

裏切りの時が来た。
もはや武器は何の役にも立たない。
主がなおも弟子たちの近くにおられるのは、
もはやただ杯とパンと御言葉によって。
　キリエ・エレイソン。

今や杯はわたしのもの
そしてパンと葡萄酒はわたしの一番の宝物。
杯を取り、主の栄光をたたえよ、
罪人の救いを告げ知らせよ。
　キリエ・エレイソン。

主の御名を告げ知らせよ、
このことを覚える毎に、
鞭打ちと呪いと苦難ののちに
主がわたしたちに勝利の旗を与えるときまで。
　キリエ・エレイソン。

主は来られる、弟子たちの喜びの食卓に、
主は来られる、これを堅く信じなさい。

すべての闇が終わる時、
十字架の柱も永遠に生い茂る。
ホサナ。

復活祭の歌

見よ、これが世の罪を負う
神の小羊。
十字架の上で血を流し、
神の怒りを宥めた。
岩の墓の内に横たわり、
わたしたちに安息をもたらした。
死と罪とに勝利して
小羊はわたしたちの夜を突き抜けた。

見よ、これが暗い墓を出た
神の勇者。

わたしたちに永遠の勝利をもたらす
天と地を支配する主。

死んで滅びる身のわたしたちを
主は死から解放された。
神の勇者は再び来られる、
その時、わたしたちは甦る。

見よ、これが神の御子、
馬屋の飼い葉桶で寝ていた方。
責め苦ののちに、罵りののちに、
御子の喜びの日が明るく輝き渡る。
今からのちにわたしたちが生きる時は、
全て御子の輝きに満ちている。
御子に誉れを帰す者は、

来る世に御子の似姿になる。

御子に栄光あれ、賛美と誉れあれ、
御力がとこしえにあれ。
御子こそわたしたちを死から救う方、と
知る者は御子をほめたたえよ。
息ある者は証しせよ、
神が悟らせたことを。
信じる者は、ひれ伏せ、
命の主になった御子の前に。

死者の日曜日の慰めの歌

内に納めていた幸いと富の一切から
今や、心は離れたのですから、
来てください、慰め主なる聖霊よ、そして慰めてください、
神の心から注ぐ聖霊よ。

負わされた重荷のすべてを
今や、心は受け入れるのですから、
来てください、救い主よ、わたしたちの傷を覆い、癒し、
わたしたちを担い、労わってくださる救い主よ。

あなたのもとに引き上げられ、

今や、心はあなただけに支えられていると知るのですから、
わたしたちのもとにとどまってください、父なる神よ。そうすれば嘆きは
賛美に変わる。あなたに誉れあれ！

あとがき

『キリエ』は神が与える創造の神秘へと読者の目を向けさせる詩集です。その詩の葉から零れ落ちる水滴に私たちは喉を潤しながら、やがて大きな木の緑陰にやすらうように導かれます。この巨樹は神の玉座から流れ出る川辺に植えられた生命の樹であり、また「十字架の柱」として永遠に生い茂る糸杉でもあるのです。その木陰では鳩の羽ばたきが微かに聞こえるかもしれません。聖降誕の闇の中で、森本さんの撮られた映像の助けによって、聖書に顕された真理の言葉について語る詩人の静かな声に耳を傾け、飼葉桶から発せられる輝きに改めて思いを寄せていただきたいと思います。

富田恵美了・ドロテア ＆ 裕

心の深みから発せられる信仰の詩に写真を添える難しさ、この度も身にしみて感じております。

ただただ、燈火を載せる燭台のように、写真をおけたらいい。それも、自体が存在を主張する「工芸品」ではなく、ひたすらに単純な器具として。

上に載った詩の灯が、少しでも安定してその確かな光をともし続けられるお手伝いができたら、と願いながら。

森本二太郎

目　次

装丁　熊谷博人

ヨッヘン・クレッパー（Jochen Klepper）
1903年、シレジア地方のボイテン・アン・デア・オーダー生まれ。1942年、ベルリンで自死。詩人、小説家。

富田恵美子・ドロテア（とみた・えみこ・どろてあ）
1960年、ヴィーン生まれ。ドイツ文学研究者。専門分野は現代キリスト教文学。

富田 裕（とみた・ひろし）
1960年、東京生まれ。ドイツ文学研究者。専門分野はドイツを中心とするヨーロッパのキリスト教神秘思想。

森本二太郎（もりもと・にたろう）
1941年生まれ。国際基督教大学卒業。敬和学園高校教諭を経て、現在フリーの写真家。

キリエ　祈りの詩

2016年1月20日　初版発行

訳　者　富田恵美子・ドロテア／富田　裕
写　真　森本二太郎
発行者　渡部　満
発行所　株式会社　教文館
〒104-0061 東京都中央区銀座4-5-1 電話 03(3561)5549 FAX 03(5250)5107
URL http://www.kyobunkwan.co.jp/publishing/
印刷所　株式会社　平河工業社

配給元　日キ販　〒162-0814　東京都新宿区新小川町9-1
電話 03(3260)5670　FAX 03(3260)5637

ISBN978-4-7642-6722-0　Printed in Japan